UN NUEVO HOGAR

Ciudad
de México

Nueva York

UN NUEVO HOGAR

Tania de Regil

CANDLEWICK PRESS

Mamá y papá me dijeron
que nos vamos a mudar
a la Ciudad de México.

Mamá y papá me dijeron
que nos vamos a mudar
a Nueva York.

Pero no sé si quiero irme, porque voy

a extrañar muchas cosas de mi hogar.

Como escuchar mi música favorita
camino a la escuela por las mañanas,

y detenernos a comer algo delicioso
de regreso a la casa por las tardes.

Animar a nuestro equipo favorito

para que gane el partido,

e ir al teatro en la noche

para ver a los bailarines.

Pero, ¿habrá lugares donde

jugar en mi nueva ciudad?

¿O lugares donde pueda ir con

mi clase a explorar nuestro pasado?

Sé que mi ciudad puede ser difícil para algunos,

y a veces puede ser muy ruidosa.

Pero voy a extrañar cómo nos divertimos

en el verano paseando por toda la ciudad.

Y también voy a extrañar

jugar con mis amigos.

Espero que las cosas no sean tan

diferentes en mi nueva ciudad.

Espero que me guste

mi nuevo hogar.

¡Aquí podrás encontrar más información sobre las dos maravillosas ciudades de este libro!

La ciudad de NUEVA YORK ha recibido y acogido a millones de inmigrantes desde que se fundó hace ya casi cuatrocientos años. Gente de todas partes del mundo la considera ahora su hogar, convirtiéndola así en una de las ciudades más diversas del mundo.

La CIUDAD DE MÉXICO es la capital más antigua de las Américas. Sus orígenes se remontan a la llegada de los aztecas hace ya casi 700 años, quienes encontraron su tierra prometida en una pequeña isla en medio de un lago.

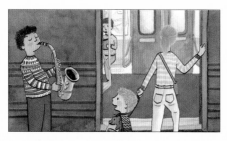

La MÚSICA DE NUEVA YORK es tan rica y variada como su gente, algo que se puede apreciar en el metro de la ciudad. Todos los años, cientos de músicos pasan por un proceso de selección para ganarse un lugar en el programa conocido como «Música debajo de Nueva York».

De toda LA MÚSICA QUE SE ESCUCHA EN LAS CALLES DE LA CIUDAD DE MÉXICO, el organillo se destaca por su melodía nostálgica. Los organilleros, también conocidos como cilindreros, visten con el uniforme tradicional del ejército de la Revolución mexicana.

El perrito caliente o HOT DOG, es una comida típica estadounidense, pero sus orígenes se deben, en gran parte, a un inmigrante alemán que en 1871 abrió un puesto de perritos calientes en Coney Island. Desde entonces, se ha convertido en un platillo muy popular.

Los ELOTES y ESQUITES son un platillo típico de la cocina mexicana. Por lo general, se comen con mayonesa, limón, queso fresco, sal y chile piquín en polvo.

El YANKEE STADIUM es la sede de los Yankees de Nueva York, quienes han ganado veintisiete campeonatos de la Serie Mundial. Muchos de los jugadores más famosos de la historia del béisbol, como Mickey Mantle, Babe Ruth, Joe DiMaggio y Lou Gehrig, formaron parte de este legendario equipo.

El ESTADIO AZTECA de la Ciudad de México es considerado uno de los estadios de fútbol más famosos e icónicos del mundo. En 1970 y en 1986 fue la sede de los partidos finales de la Copa Mundial de la FIFA, convirtiendo en estrellas a Pelé y a Maradona.

El Lincoln Center de Nueva York es un gran complejo cultural y artístico donde se muestra una maravillosa variedad de artes escénicas, como el Ballet de la ciudad de Nueva York. Los primeros en asistir a una función fueron los trabajadores encargados de construir uno de los teatros, junto con sus familias.

El Palacio de Bellas Artes en la Ciudad de México ha sido escenario de algunos de los eventos culturales más importantes de México. Es conocido también por sus murales y su telón de cristal, el cual fue ensamblado en Nueva York por Tiffany & Co.

Central Park, en Nueva York, es el parque más visitado de Estados Unidos y el más filmado en el mundo. Su construcción comenzó en 1857 y continuó durante la Guerra Civil, hasta completarse en 1873.

El Bosque de Chapultepec es uno de los parques urbanos más grandes del hemisferio occidental. En el corazón del parque se encuentra el único castillo real de América del Norte, el Castillo de Chapultepec.

El Museo de Historia Natural de Nueva York contiene la mayor colección de fósiles mamíferos y de dinosaurios del mundo, incluyendo uno de los dinosaurios carnívoros más grandes que jamás se ha encontrado: el rey tirano de los lagartos, o *Tyrannosaurus Rex*.

El Museo Nacional de Antropología de la Ciudad de México contiene una gran variedad de maravillas arqueológicas mexicanas, como la Piedra del Sol, que se encontraba enterrada bajo el Zócalo cuando se descubrió, en 1790.

Hoy en día, LA FALTA DE VIVIENDA en la ciudad de Nueva York ha alcanzado los niveles más altos desde la Gran Depresión de la década de 1930. Lamentablemente, los costos se han elevado tanto en los últimos años que muchas personas se han visto obligadas a abandonar sus hogares y buscar otros lugares donde dormir.

Debido a la gran DESIGUALDAD ECONÓMICA en México, miles de personas de todo el país viajan a la capital en busca de una vida mejor. Desafortunadamente, muchos terminan viviendo en condiciones de pobreza extrema, y se ven obligados a vivir y trabajar en las calles.

Times Square, en Manhattan, es una de las intersecciones más concurridas del mundo. Debido a que miles de turistas visitan este lugar diariamente, el tráfico peatonal se ha convertido en un problema tan grande como el automovilístico.

El Anillo Periférico que rodea la Ciudad de México sirve como vía principal que permite el flujo pesado de la ciudad.

Coney Island introdujo la primera montaña rusa en Estados Unidos en 1884, y con la finalización del metro en la década de 1920, se ha convertido en un parque de atracciones muy concurrido.

La red de canales y los jardines flotantes de Xochimilco nos permiten visualizar cómo era la Ciudad de México hace cientos de años. La mejor forma de disfrutar este lugar es a bordo de una trajinera (barcos tipo góndola).

El puente de Brooklyn conecta la isla de Manhattan con Brooklyn y pasa sobre el río Este. Cuando se inauguró en 1883, era el puente colgante más largo que jamás se había construido. Muchos neoyorquinos dudaban de su estabilidad hasta que P. T. Barnum la demostró al cruzar con sus elefantes de circo.

Coyoacán, cuyo nombre proviene de la lengua indígena náhuatl, y significa 'lugar de los coyotes', es un vecindario de gran importancia artística e intelectual en la Ciudad de México. Ha sido hogar de muchos célebres residentes, como Frida Kahlo.

Para mamá, papá y Mateo; con ustedes estoy en casa

First edition 2019. Library of Congress Catalog Card Number pending. ISBN 978-1-5362-0193-2 (English hardcover). ISBN 978-1-5362-0675-3 (Spanish hardcover). This book was typeset in Hightower. The illustrations were done in ink, colored pencil, watercolor, and gouache and assembled digitally. Candlewick Press, 99 Dover Street, Somerville, Massachusetts 02144. visit us at www.candlewick.com. Printed in Shenzhen, Guangdong, China. 19 20 21 22 23 24 CCP 10 9 8 7 6 5 4 3 2 1